o cordeiro e os pecados dividindo o pão

Milena Martins Moura

ABOIO

o cordeiro e os pecados dividindo o pão

Milena Martins Moura

Prefácio

Priscila Branco
poeta e crítica literária

Este é um livro corajoso e subversivo. Começo com tal afirmação pois o feito poético de Milena Martins Moura, em *O cordeiro e os pecados dividindo o pão*, apresenta-nos uma completa inversão da tradição judaico-cristã, instaurada em nossa sociedade por milênios. Portanto, ele nos oferece uma nova leitura do real: olhar o mundo não esperando o sacrifício dos fracos e dos oprimidos, mas dando o pão de volta às mãos de quem o produziu. Um novo vocabulário é introduzido ao leitor, em múltiplas línguas, e ele definitivamente gira em torno da defesa (mesmo que não declarada violentamente) de quem peca, do próprio pecado e do fim do abate.

O cordeiro, que deveria ser sacrificado para redimir o mundo ou alguém dos pecados, não só vive e come, mas divide o pão com eles - os profanadores. O pão, ambíguo nesse título, pode carregar o significado tanto de abundância, ou seja, de algo a ser recebido de forma positiva por quem deveria ser morto (o cordeiro) e banido (o pecado), quanto de algo pouco ou negativo (como o pão que o diabo amassou). Porém, em ambos os caminhos interpretativos, o cordeiro e os pecados ainda têm em suas mãos o poder de escolha: dividir o pão, seja ele representação de fartura ou de miséria. Há, já no título, um processo de subjetivação dos que antes eram considerados apenas objetos. Milena dá voz a algo que ninguém quer escutar.

Ao longo do livro, a poeta reescreve seu próprio mito bíblico invertido, como já anunciado no título. No poema "evangelho segundo o pecador", além de afirmar a construção narrativa na voz de quem peca, surge a primeira referência à figura de Eva, muito diferente da representação bíblica, pois afirma: "estou nua e disso não me envergonho".

Parece que estamos de frente a um mundo (histórico e milenar) ao avesso, pois a cultura cristã, não como referência de fé ou de religião, mas como uma tradição, fundou uma sociedade opressora. Aqui, por outro lado, a opressão é esmagada, e Eva é "serpente e desfrute" e vai "lambendo o caminho desviado", dando atos de sujeito à primeira mulher que surge no mito milenar.

Não só o cordeiro, os pecados e Eva ganham tons de inversão e de subjetividades, como também os ritos e cânticos religiosos. Além de o próprio livro tomar para si uma nova narrativa "cantada" e poética, a simbologia da reza também é questionada: em "ofício das chagas", a poeta não recita o famoso "Pai nosso", e sim "não tenho uma alma a salvar/ do pecado meu de cada dia".

Se tendemos a associar línguas antiquíssimas à escrita bíblica ou a reza de ritos religiosos, Milena pretende usar tais línguas para ressignificar palavras associadas a elementos ruins. Com alguns títulos de poemas em hebraico, latim ou grego, nos exigindo fazer pesquisa de leitura e repensar sobre a tradição, a poeta descostura essas antiguidades com a escrita dos poemas e com os próprios títulos que, se antes carregavam uma conotação negativa (como cobra ou serpente), agora se transformam em potência poética.

Nessa história contada de forma invertida, não poderia ficar de fora o erotismo, principalmente associado a uma agência feminina, afinal há, em muitos poemas, a confirmação de que lemos uma voz poética de mulher. No poema "cinturão", esse feminino nos fala da "fraqueza da carne" e, com "as partes proibidas à mostra", "faz calor" e ela "tem sede". Os traços autobiográficos da autora Milena Martins Moura também invadem o papel em diversos momentos: no poema "da terra sob os peitos e outros castigos pelos feitos de eva", o nome de Milena é invocado nos versos, afirmando-se como uma herdeira dos atos da primeira mulher – assim como Eva, todas nós "salivamos gêneses", ou seja, somos o começo de tudo, somos a vitalidade que alimenta o mundo.

Ao mesmo tempo em que o mito invade este livro e vai tomando novas releituras a partir da subversão criada pela poeta desde seu próprio título, o cotidiano dos pecadores também é apresentado de volta à realidade crua, o que Milena costura com poemas fincados no contemporâneo caótico e turbulento em que nos encontramos. Mito invertido e real áspero se encontram e se chocam, e lemos poemas como "technicolor", "apenas um poema cuspido antes da chuva" ou "telefunken 1984", em que assistimos à televisão às seis da tarde na memória da autora.

Em *O cordeiro e os pecados dividindo o pão*, o único milagre possível é o ato poético, como afirma Milena em "ofício das mortes": "Eu estou escrevendo / Isso é um milagre". No poema "paixão", a "Paixão de Cristo" se torna a "Paixão da Escrita", dando à escritura uma característica de subversão, como é este próprio livro: "há uma arte/ sacra em/ cravar dentes/ unhas".

Se ainda há alguma dúvida sobre o ato de subjetivização, realizado pela poeta, dos que foram milenarmente considerados objetos e sacrificados ao longo dos mitos bíblicos, considerados sujos ou desprezíveis, ela fecha esta obra nos dando a certeza de que precisávamos para terminar a reza:

o poema um cobertor molhado
de frio e heroísmo fracassado

a vítima
que era eu
morreu

Não há vítima: há o feito de dividir. O próprio ato de escrita e, agora, de leitura deste livro é a luta contra o sacrifício. Que a poesia possa sempre dar voz ao cordeiro e aos pecados, e que todo leitor encontre um pedaço desse pão, mesmo que a coberta esteja molhada em dias frios.

me quero aberta em cálice e vinho e pão
            fenda rasgada de ritos

hábito deitado à fogueira
onde abrasam as peles recém-expostas

a carne viva pulsa porque viva
porque crua porque fera e primeira mulher
            serpente e desfrute

me quero imersa corpo inteiro no indevido
lambendo o caminho desviado
            com a mesma língua
            dos cânticos

o sacro e o santo
molhados da espera
com a sede dos abstêmios
e dos crédulos em desgraça

            e eu graal sacrílego
                        estou nua e disso não me envergonho

ofício das chagas

Trilogia Ouropretana parte 1

acordo da euforia para o escuro
e tento a paz com as feridas do
calvário

a paz não seca o meu sangue velho
e venho assim conhecendo
muito mais das minhas
mortes
do que a um vivo se
deve dar a ver

acordo para o escuro
estou sozinha
e essas dores
essas dores são só minhas

delas tenho me alimentado
na falta de escolha de um feto
e assim me deito
em pose de feto
e nelas mato a mim e à fome

todas as paredes mastigam
a morte anunciada do meu corpo

ele vale pouco
sei que está seco e sabe a derrotas
mas nada mais tenho a dar

memórias
contritas
evocam no
escuro cinco chagas
o verbo o fruto o corpo o
sangue e a
paixão

não tenho uma alma a salvar
do pecado meu de cada dia
tenho apenas a mim e ao escuro
e aos
fantasmas que embalei
adormecidos
aguardando apenas pelas fomes do solstício

sou-lhes caça
sou-lhes promessa de banquete
mantida em vida a meia morte
para que a carne do meu
sacrifício
tenha o gosto dos medos que me fizeram
errar

com muita calma
aguardo
a lança de longino

Ouro Preto, maio de 2022

me faço inteira a cada dia com os restos das faces que não foram minhas mas dei a bater

e na falta de uma alma a salvar lambo o sal que extravasa da pele de todo erro

roço minha língua na língua do impudico dou-lhe de mim a beber e comer como o vinho e o pão

tenho apenas um corpo e nele habito só

nasci e hei de morrer sozinha no meu corpo

eremitas de nós mesmos somos todos solidão esticando os dedos à esperança do gozo

tenho apenas minhas mãos para tatear meu escuro

tenho apenas minha pele a vestir para o último baile

há sempre um prenúncio de soluço
que não cura

os escombros da chuva
lacerando peles
destruindo os telhados
onde se aguardava com provisões o inverno

e esse silêncio de quem tem fome
gestando
soluços

há sempre um farnel
com queijo e com vinho
com dor e com soluço
para o tempo da seca

é preciso reforçar os escudos e as armaduras
com o que mais houver de belo na fortaleza

enquanto houver sussurro
não hão de deitar ao pó
minha amurada

ainda não sei se sou forte
só sei que existir é
como uma dor

e dos espasmos
e dos soluços
dessa tortura
eu tenho feito mistérios

que haja sempre a fogueira de anúncio
para o tempo do risco
e os metais
para o festejo final

e assim
vestidos de fogo e de ferro
de força e de punho
nada mais há de faltar
para o inverno do tempo
quando não cantarão nossos feitos
ao redor do fogo

tenho uma dobra vermelha na pele do rosto
como um corte

            entranha

você viu

a marca vermelha da cama no meu corpo
branco
onde dói o sol

você viu
os meus sinais em coleção
imitando a pose ereta de órion

ombro em rigel pé em betelgeuse

as partes proibidas à mostra
faz calor
e eu tenho sede

todos os tabus desnudados
            constelações

e eu ariadne corpo celeste
vindo jantar nos escombros

as pontas dos seus dedos mastigando os meus contornos

entranha

todos os lábios
mordendo
a fraqueza da carne

poema escrito sem critério, provavelmente ruim

ainda mastigo aquela
            dureza de
                        nervos
tento desmistificar o dia frio em
que voltei para
            casa
com o corpo mais pesado para
arrastar

atrás de mim uma sombra
            fria
                duplicando
            o meu corpo
pesado para arrastar

chuva de vento olhando pela janela do ônibus
molhando os pés na poça
            fria

     dentro de mim faz frio

arrasto ainda aquele
            dia
              dobro
              sob o
peso de sempre
haver
o mesmo

gosto
que eu insisto por
lamber

e mastigo e mastigo
a dureza
dos nervos dos olhos dos
cancros
de tentar
encobrir o que frio

dentro de mim faz frio

sorrio e
sorrio e lambo o bolo de dor atrás dos
dentes
com uma língua que não quer lembrar
uma lágrima que não quer
chorar
o gosto
daquele dia frio
que sempre

quando voltei para casa
mais difícil de arrastar de
caber em
mim nos
corações que batem
fracos no meu peito

onde nevou ontem à
    noite
          no centro do Rio de Janeiro

um sorriso manco
com dentes demais
com histórico de hipercorreções emblemáticas
com vergonha das fotos velhas
um riso ficando velho
numa boca imemorial
               um riso

de dentes muitos
               dentes
arreganhados na sombra
tentando rasgar a
dureza ou
cuspir longe o
               estar em
                              mim

               que sou inverno

seu pelo escuro amarelecido pela luz da lâmpada
em padrões de chamamento

eu olho e permaneço
onde me quer a vontade

    essa água funda não é de beber
    essa água funda não é de beber

é de afundar
salivando

eu olho seu pelo escuro na penumbra
com olhos verdes de siga

corta o jardim um córrego que serpenteia
onde as bestas vêm dividir comigo a sede

    essa água funda não é de benzer

há uma arte
sacra em
cravar dentes
unhas

uma arte de estátua barroca altar
banhado a ouro

comer com calma as
migalhas sob
as unhas

indizível canibalismo

mastigar o que sobra da
carne
nas pontas dos
dedos

e com crudelíssimo requinte
me abrir a gume
a face oculta

sou corpo-carne em exultante adoração
me oferecendo em sacrifício
na nudez eucarística dos
condenados

meus côncavos de treva
e sangue
eternamente na fome da luz

e no princípio era um
verbo
    impenetrável

a paixão erguendo os cálices da sexta
lavando com cuidado as mãos na
        fonte

metade fome metade
saciada
clamo
ao céu
desabitado
dos deuses em silêncio

eis-me aqui
imola para o banquete
              faz da Minha carne
              o Teu instrumento

milena esconda essas vergonhas
limpe dos olhos dos pios a presença na casa

escórias
o sujo

paredes molhadas
de cheiro vivo

guarde no armário a presença na casa milena
guarde nas gavetas
debaixo das roupas proibidas
que roçam na umidade

sobras à beira do canal
dobras
na ponta dos dedos

é suja a presença na casa

a terra sob os peitos qual serpente
e outros castigos pelos feitos de eva

maçã vermelho-sangue salivando gêneses

esse não é um choro infante daqueles que se
dão para o hoje se
oferecem ao tempo
ainda
inerte e potente
e inacabado porque não foi

um choro infante que
se dá expiatório nos
escombros nas
quinas nos
fios das
horas

esse um choro idoso
é velho como o meu peito
que enrijeceu aos
poucos
como as minhas rugas de
anciã
precoce
velha sábia muito velha para
ser amada
muito sábia
para
ser mulher

essa lágrima ancestral
que desce porque
existe o sussurro
com ela jurei regar apenas o
essencial
que cresce à
sombra
para matar a
fome
que não
se tem

com ela jurei regar o
caldo requentado
de quem há muito não sou
um anjo uma pureza
condenada uma
pena um
cadafalso o
pecado de nascer

não jurei verter para os futuros
o sumo amargo que cultivo
seiva e
sangue e
mau presságio

esse choro eu enterrei menina
na mentira de
onde não
nasce

nada
porque nascer é à força
e é
real

com meus olhos centenários
três décadas e
meia de
ocaso
choram sozinhas
nuas num
quarto arruinado
entre os
escombros as
quinas os
fios das
horas

que persistem nas mortes lentas

é com certa frequência
            pela manhã
que eu me devoro

os cantos das unhas primeiro
depois todo o montante de coisas bestiais que não deviam nascer

com certa frequência
enquanto a luz cresce no muro com figuras inventadas
me ponho ao espelho
a vomitar torturas

nasci com o açoite das entranhas
latejando entre a abominação
            e a pelagem proibida

os ossos duros e outras durezas
            como iminência
                        e expectativa

devoro assim os cantos das unhas para limpá-las
afiando a garra e os dentes
como quem imola o cordeiro

treinando a mandíbula para que tenha força ao se fechar

é assim
        em carne frágil
que ora me habito

        decepada sob os astros
        em contrição e penitência

trago numa trouxa restos gastos
feito isca
        sujos dos caminhos
                e da barbárie dos homens bons

do seu sumo sobrevivo um pouco além do fim do fogo
e talvez por piedade
a morte
    em calma
me mastigue

                sob os astros

        eu rasgo o grito sob os astros
as paredes da garganta um mero entrave
entre mim e o espanto

insisto em quase corpo e quase morte
alvejada à queima-roupa pelo medo
que põe demônios no escuro

debato as sobras sob os astros
e me carrego entre os escombros
do que fui eu

para que os vivos me saibam viva
e eu não saia vencedora

o momento mais limpo é quando lambo as curvas dos teus dentes
por dentro e por trás
onde se guarda o rancor

arranco das frestas a culpa nas palmas e a memória dos castigos

o momento mais limpo
é quando invado tua boca para lavá-la
com as pontas da minha língua
cheia de vontades que não se falam na igreja

a minha língua foi desenhada pelas eras
apenas para o gosto das coisas curvas e quase líquidas
que não se pintam nos quadros de santos

tenta nos teus dentes
como trombeta e última sirene:

silêncio, é hora do risco!

estamos longe da primeira esfera
que é pura e fria e não bebeu do sangue
e por isso faz calor
no proibido

é hora do risco!

o momento mais limpo é o das carnes que queimam

a minha boca guarda os lutos
de muitas diásporas
vermelhas
dos pesadelos
onde os dedos
enlaçados
perfuram o tórax
a raiz dos cabelos afagada no frio
caixa craniana artéria femoral
e os ossos e os ossos

os lutos
sangrando o fundo das
gengivas
adocicados de mentira e nocivos
nocivos
os lutos

a minha boca os guarda
com gosto de água velha
que não foi colhida
para
beber
nunca das sedes saciada
para
benzer
nunca das faltas expurgada

regurgitas
a minha carne já sem sumo
de passado de velhice
corpo extremo
ungido
e proverbial

e existe luto em morte
e existe luto em vida
quem é vivo é sempre o morto
de outro vivo
morando entre os dentes
debaixo da língua

um morto à espera
de outra fome que lhe
chupe
o último sumo dos ossos

acabei de ser minha própria caravana de bichos pálidos passando sede
    acabei de ser a sede
o sino da igreja às três da tarde quando é quente
e uma brisa pouca e velha
arrasta o cheiro dos soluços
e entalha feições ao pé da boca
    para marcar as horas
acabei de meter os pés no deserto tardio
que se deita ao sol
onde vêm os pássaros procurar em vão o de beber
porque têm pés feitos para o fogo
e eu que lhes sou grande e tenho mãos com poder de morte
acabei de ser minha própria caravana de bichos pálidos passando sede
com bocas abertas para o céu
minha própria matilha de bustos de areia
    se debatendo pelo formato dos olhos
    pelo nariz de ossatura protuberante
    os lábios o de baixo maior herdado do pai
    rosto desenhado com ângulos
    orelhas desiguais
tudo isso que é meu e precisa ser mantido longe da chuva
para que não se desfaça
e de mim sobre apenas um deserto
que não sabe que tem sede

a árvore nascida do corpo de eva

mantenho os dentes
cerrados
num não sorriso

e já não me parece impossível
crer que estou aqui
eterna

passados sujos por agasalho

[meu corpo raízes
depostas na sombra
onde só germinam os que sabem carpir

meu verso mais uma morte
minha palavra mais uma súplica]

à luz que tenta entrar
eu mostro os dentes
mostro as arcadas
preparadas
para o bote

nesta eternidade
eu repouso
silente e frutífera
ao abrigo do frio

aquecida no fogo
da sombra

primeira centelha do grito

e todos os silêncios se batendo
nas paredes
e os nãos engolidos
com pão e vinho
se servem de bandeja no banquete
da sombra

onde só comem os que sabem carpir

Telefunken 1984

são seis da tarde e o mundo
já morreu pela boca

um ruído de anúncio
sobrevoa o jantar

[um copo está prestes a cair]

o sorriso amarelo nos dentes do tempo
que nos quer velhos e nos quer mortos
e emudecidos
sobrevoa o jantar

e quem embala os velhos
dos mortos
é o silêncio
à mesa

[vai-se quebrar um copo à meia-noite]

são seis da tarde
e na tevê da minha infância
todos os jantares
eram servidos
com o corpo e com o sangue

os corpos e os sangues
e os álbuns de família
e os vestidos manchados sem uso
cabeça de boneca degolada
degolas cordeiros imolas
ocultados num saco preto

todos os lutos para lá dos espelhos
cascateando na tormenta
e santa bárbara são jerônimo
não viriam acudir

[mais um copo vai cair]

os dentes amarelos do tempo
pairam sobre a mesa posta
        onde os mortos e os quase vivos
        se predam
e mastigam a todos com força
para que sirvam de exemplo

[viver é dar-se em oferta a um deus faminto]

e quem corre não o faz para salvar-se
mas para postergar
o sacrifício

Tenebrário

Trilogia Ouropretana parte 2

os dias aqui têm
plantas nos muros
paredes choradas com grito e
passado
eu fumo meu erro à janela
a chuva lambe os telhados
uma língua abstêmia
saliva
o peito de um
cristo aleijado
a chuva
percorre
as dores nos meus pés
abre sorrisos em muitos calvários
hoje eu morri numa forca
e a chuva lambe os telhados
um cachorro abandonado
lambe minhas migalhas de amor
a matrona lambe versículos extirpados de gozo
um carro dá passagem
subserviente
na esquina do meu sobrado
e eu sopro forte
o meu erro
para que aqui não invada
o mistério
e eu deixe aqui o mistério

grudado nos estofados
a chuva
é benigna
lava as ruas do medo
e em quase agonia
chupa o sal dos telhados
transforma em estátua o ímpio
e exila nas minas o bom
deixa as filhas e o vinho e nega a ternura e o pão
um deus afogando seus erros
lambendo os telhados

aqui as janelas se abrem
apenas às mortes velhas
para o meu grito se fecham
um paço tropeça no escuro
e a chuva
ainda
lambe os telhados
aqui tem um cristo banhado
em seu sangue
e o sangue desses cristos correm braços
os cristos daqui se partiram nos séculos
em lágrima e ouro em rocha e sobrado
eu sou de tão longe e
acima dos vivos
eu fumo um cigarro e repito
uma prece
que é minha só minha é impura e é mentira
eu vi muitas mortes eu vi muitas sortes
de costas curvadas eu subo e

me engasgo
e a chuva
a chuva
vem fechando as ruas
vem matando os fracos
vem carpindo os cabelos dos santos
os bigodes chineses do mártir
acima dos vivos eu
sopro os meus medos
choro o prazer dos meus pecados
e a chuva
do alto
afoga os fracos imola os cordeiros
alaga as minas derruba as torres
derrete o ouro e o dá aos que têm fome
como manda a escritura
a chuva
é benigna
só chora e não julga
não acolhe o ferido o faminto e o cão
e não se culpa porque não é sua a culpa
sabe apenas lavar o chão
e o corpo
as almas são muito nossas para o seu batismo

Ouro Preto, maio de 2022

tem uma ruga para além do muro
e é uma memória
fértil
a que cultivo nos meus
olhos

porque estou em
pedaços
desde a primeira
centelha da
criação
eu vejo o muro
erigido de ódio e de cal
entre mim e o que não foi

porque estou em pedaços
desde o primeiro
lábio rachado
de amores
eu vejo as sombras
se movendo
no mesmo passo dos
sonhos inúteis

e nos meus olhos pesa o que eu não merecia

o vinho para aplacar a
sede dos ódios

a lágrima
cuspida
com sangue e com
cal

uma mortalha lindamente bordada
pelos amores que
sufocam
me aguarda paciente
do outro lado do muro

meu corpo uma morte lenta
para aplacar a fome dos
ódios
que esperam
pacientes
do outro lado do muro

e nos meus ombros pesa o que eu não merecia

todas as noites
com o advento das respostas que se descobrem em atraso
    o sopro quente do tempo
    me esquenta a nuca

junto com os feitos que não deviam ter sido
e os maus presságios
que não passaram
de covardia mitificada

todas as noites
a língua do tempo
me lambe o lóbulo da orelha

    a direita
quando me deito para a janela
temendo as luzes rápidas no teto

    a esquerda
quando me deito para o espelho
e não temo senão a mim

todas as noites
as mãos do tempo
correm nos meus peitos

estão secos e caídos para o lado
como um banquete deixado a apodrecer
    pela falta da fome nas bocas

todas as noites o tempo enfia em minha boca a sua língua
    antes que eu consiga recusar

balança a língua
atrás dos meus dentes
onde moram os choros engolidos
e as palavras perigosas

e no fundo da minha garganta
  sente o ácido
   do meu medo de morrer
    misturado à amargura de estar viva

o tempo se esfrega
nas partes minhas
que são só minhas para esfregar
    todas as noites
e a mim mantém desperta
para que não me esqueça
    que todas as noites são noites a menos

        todas as manhãs encontro em mim os restos do tempo

são dez são nove são
cinco e quinze da
manhã

é escuro

e talvez deus esteja
afogando seus erros e
talvez os ossos dos mortos
alimentem o fogo dos vivos
mas não posso saber
no escuro

é aqui onde me deito
em sangue e
mistério
os sorrisos partidos na
queda nos
soluços nos
quases no
caos e na cólera e
no impuro
do corpo que é meu único
lugar

é aqui onde me deito e

deito meus olhos
de água e
sal
meus olhos sempre em
riste e
afiados e com fome

é escuro e estou sozinha no meu corpo

estou crua e feita de hojes
estou coberta das minhas
mortes
esfriando pele e pelos nos
passados de
mim que
devorei

soterrada das
sobras das
minhas mortes das
minhas fomes

é escuro e
talvez os ódios estejam se
apinhando nos batentes
vestindo almas em
eterna danação e
implorando em
línguas
ancestrais
pela mentira da
pureza

é escuro e estou sozinha no meu corpo

mastigando devagar todas
as faces que
à revelia
me couberam
e não foram minhas
mas dei a bater

mastigando devagar
cada migalha de
guerra e de
trégua cada
memória feroz
as asas retalhadas pelos
espinhos de amores
muito grandes
para serem
bons

é escuro e os meus olhos
sempre foram
muito fracos
minhas mãos muito
inábeis

eu rastejo

e com o corpo que é só meu
reconheço as escarpas
do caminho

o cordeiro e os pecados dividindo o pão

abro os olhos para o milagre
todos os dias
às cinco e cinquenta

assim, bem cedo,
        ainda no escuro,
admiro a resistência das pulsões mantenedoras
cumprindo seu ofício de manter

        estou aqui

de olhos abertos e quase secos
feito criatura morta curtindo ao sol

        estou aqui
testemunhando o início
de mais um sopro de vida ameaçado

porém de pé e ainda inteira
e ainda atenta

        ouvidos fixados nas trombetas de anúncio

nos choros soluçados
entre os rasgos
da muralha

        sendo viva e apenas à espera

as águas se forçando nos tijolos
para tomar de volta o que foi seu

e eu pedra
            fingindo a firmeza
                das ruínas

o sangue das imolas pingando dos batentes

            e eu ainda inteira

no alívio condenável dos caçulas
vendo o roçar das asas
nas testas dos primogênitos

da culpa sob os dedos

toda palavra é muito pouca para enristecer os meus dedos
e os meus braços descamados pelo fogo
e as costas curvas
que abaularam os anos
para meter os olhos no conforto alheio

é muito pouca a palavra culpa
arrastando pesos
fósseis
que não estão no dicionário

a palavra voz imagino como uma bola de cores em dor
e calafrios nos ossos

estico os dedos e as culpas
e toco as culpas
agora
com as pontas dos dedos
e medos nas frestas da porta

a palavra continua pontiaguda
e difícil de descer sem miolo de pão

encontro nisso a beleza de um bicho faminto
pairando sobre as águas
feito verbo

declarando
nos dentes
e nos ossos mastigados
todo o amor
da fome
pela morte que a sacia

ofício das mortes
Trilogia Ouropretana parte 3

Eu estou respirando
Isso é um milagre
Milhões foram os anos no exílio
Das águas
Milhões as entranhas laceradas
Na pulsão pura e mansa
Do sugar

Eu estou caminhando
Isso é um milagre
Milhões foram os cortes nas palmas
Os sangues nas unhas
Os calos no silêncio
Para erguer as costas no medo

Eu estou vendo
Isso é um milagre
Meus olhos foram forjados
No erro
No exílio das águas
E com eles vejo o escuro
Descer as montanhas
Como represália

Milhões de exílios
Se fizeram ver

Para que a luz
Isso que só se sabe na sombra
Chegasse até o de dentro mais fundo
E escuro de mim

Eu estou jogando a minha voz ao vazio
Isso é um milagre
Milhões foram as vozes
Para que a minha se fizesse ouvir
E ela vai correndo
E se raspando
Nos cumes dos montes
Cada vez mais muda
Como todo grito forte
De quem desiste

Eu grito ao escuro que chega
E às estrelas que sobre ele se despem
Como nascidas
Dos mesmos mistérios dos vivos

Eu estou morrendo nas pontas finas do mundo
Isso é um milagre
Milhões as vidas necessárias
Ao ato derradeiro de morrer

Deixo minha carne nos fios
Das facas das farsas das verdades
E aos poucos sou quase nada
Como convém a quem não se cabe

Eu sou tão frágil nesse fogo breve
De criatura apenas nascida
Para ver finais
Milhões os passos cada qual mais próximo
Do nunca dado

Uma folha sobre a mesa
Em branco
E o negrume
Engolindo os telhados

Eu estou escrevendo
Isso é um milagre

Ouro Preto, maio de 2022

1.

meu deus meu deus
o meu sorriso é falso
e o meu delírio vem sangrando na janela

é quase noite deus
e quase morte

e o meu delírio
arrasta a boca na janela
os dentes nos meus braços
a testa nas paredes
os rasgos nas cortinas

as fomes as fomes

o meu delírio é antes da tragédia
e depois do fascínio

as vidas as vidas

meu deus meu deus
estou sozinha no solstício
que é o tempo da sombra
se esfregando na janela

quando as culpas saem mais cedo do bolso
e se tacam na fogueira em contrição

e eu meu deus
estou sozinha com o delírio
correndo as mãos nos rostos que foram meus

um espectro
hesitando
no parapeito
da janela

nesse lugar morou uma lembrança que se sente
morou
um cheiro de bolo e avó morta
pijama guardado em gaveta de madeira
morou
um fogo socando o peito desde o de dentro
e uma mentira
que ocupava o mesmo espaço
dos sextantes e dos mapas
nesse lugar
[o das dores que enfurecem]
onde um milhão de faltas
se enfileiram
onde as culpas são máximas e minhas
morou
a prece bamba e soluçada
que não se faz senão por desespero
meu deus meu deus
confessai

sonhei o mar em tremor
carregando o meu pólen

erodindo adamastor em liberdade

não sei nadar
e por isso o mar é horror e convite
não sei andar de bicicleta e por isso temo sempre os pés fora do chão

fui uma criança triste nas quinas do mundo
existindo apenas nos cantos dos olhos que é onde fica o não visto
como um silêncio que se esquece ao correr

e por isso o meu pólen
que o mar levou
era apenas mais uma
sentença

aguardo
com as palmas rubras
de roçar o fogo
e o Verbo atado atrás dos dentes

o frio há de chegar
com unhas roxas

e eu vou continuar roçando o fogo

antecipo despensa e veludo
as cheias do nilo
e a engorda das vacas

e eu vou continuar roçando o fogo

uma mulher que não se antecipa
é o oposto de uma cassandra em vigília
prevendo incêndios

por tudo isso eu sento aqui e raspo os dentes e os sentidos
no fogo
não me foi dado conhecer a frieza das madonas

por tudo isso eu antecipo o ferro
e forjo no fogo
as armaduras os escudos e as carniças

antecipo as alcunhas desonrosas
e o disfarce colérico dos medos

uma mulher com uma palavra a cuspir é a sarça no deserto
destilando pestes

uma mulher não se consome pelo fogo

eu precisava só de um pouco mais:

de tempo
        para a palavra
de cuspe
        para a ferida
de pimenta e de cominho

um pouco mais
        de tempo
para aquecer a palavra

preparar a palavra em fogo brando
apenas com água e com sal
calma coragem tomilho
leva tempo

é preciso deixar que a palavra
crie fôlego
e então desossá-la
viva e crua e com a pressa das fomes longas

para servir a palavra
primeiro precisou haver centelha
e criatura humana

um ser que se fascina
se acostuma
e morre
antes do prato principal

a palavra
é uma dureza
mastigada
à exaustão

um pedaço sangrado
que se engole
em dor

a cada quase passo
é que pressinto
os segundos
imóveis

os segundos de pernas limpas e muito fechadas

num sopro atrás da nuca
sussurrando proibidos
pressinto
os segundos
imóveis

de olhos baixos
e sem perguntas

pressinto o fio dos tempos
no de dentro das coxas
que é mole e
porque frágil
torna toda dor acentuada

tudo que é frágil dói com a raiva
dos acúmulos

as formigas sobre a pia
carregam nas costas o almoço
ignorantes de mim

que sou alfa e sou ômega
potencial piedade e
provável esmagamento

sou um filhote de deus frustrado
porque a mim negaram um poder
meu por direito
e outro nome tem andado nas novenas das senhoras

os segundos
imóveis
esses apenas ameaçam

não fazem senão plantar sementes de vingança atrás dos olhos

um bibelô estilhaçado na parede do não pode
um chute entre o não quero ignorado
maçã como sobremesa

apenas ameaçam
imóveis
enquanto uma lágrima chupada qual espaguete
salga palavras
devoradas
por medo

enquanto um punho muito fechado
corta as palmas
na força
do medo

enquanto isso
os fiéis deitam flores em altares outros
        sou nada além de um filhote de deus abandonado
às passagens apócrifas

pietá de carne e sangue ainda quente
    faminta e abrasada
    com vergonhas à mostra
        um escândalo

as coroas as imolas
os incensos ouro mirra
foram dados para os mortos
que não podem mais se defender

só enormes silêncios
me enfeitam os pés

1.

eu parti daqui
como partem os mortos
mofando nas gavetas

como as rugas da tia que não estava dormindo
e o meu irmão
que virou sonho

eu parti
como o canário aprisionado
que não cantou numa manhã de 89
porque estava ocupado agonizando

a minha gata que não foi morar num sítio
e os meus 24 anos
completados
sobre o caixão de daniel

eu parti
como sapatos perdidos
de criança

uma boneca sem olhos no lixo
mendigando história

como os mamilos

sob a minha blusa de escola
ofendendo os olhos sensíveis
dos justos

eu parti daqui
de mim
apenas sopro

uma voz de fábula
assombrando
os vivos

dizendo-lhes
tautológica
que estão vivos
e isso não é digno de nota
nem fanfarra

um recitativo atropelado
antes da ária icônica de desespero

o resto é esse vazio nos membros
dormentes demais
para a última cena

2.

eu tenho medo de avião
tenho tanto
tanto medo
que o rio
de janeiro a janeiro
é tudo que eu sei

e eu sei
também
quão fácil é incorrer no clichê
do enfrentamento

eu digo tenho medo de avião
tenho medo
medo mesmo
e existo calma
enquanto você
se derrama em métodos

mas eu sou completa sem paris

existo calma
nos janeiros todos
de onde nunca neva

minhas paredes
têm faces feitas apenas para os meus olhos
e uma história de todas as coisas
esvaziadas

aqui eu colho folhas
com as mesmas mãos que moldam
o fogo da casa
para que queime apenas brando
sob inventadas lembranças

eu faço de amarelo velho
e abril
desde o mar
até os muros pelados

os cinemas que viraram igreja

a escola onde murchei muito cedo
e aprendi o perigo das quinas

onde entendi que meus olhos eram fracos porque meus

o hospital onde morreu meu irmão não nascido
que carpi forçando o riso

e uma linha de trem barulhenta
que me acordava à noite
para o silêncio calmo dos sonos que não são meus

eu faço de amarelo velho
como nos filmes
onde se precisa pintar a cara do passado
madureira ao meio-dia nas férias e a telefunken 1984 que já estava ali
quando eu nasci

o velho
a quem não dei comida
debaixo do negrão de lima
numa saída da aula

e o ano de 99
quando conheci que tinha um corpo

tudo isso foi meu
a poucos quilômetros
de onde me deito hoje
[com um sopro frágil queimando o soluço]
e durmo

e sonho com as asas inábeis dos pássaros suicidas

aqui está o meu rasgo alinhavado
e todos os sopros ocultados sob os panos

também o dia interminável dos filmes
em que o passado
não é sentença

a vista sem pressa
da janela mais alta
do prédio
mais alto
está aqui
aberta aos olhos
e às vontades que não se cumprem

também o grito sob a costura dos lábios
esquecido da aspereza crua com que sabia se forçar presente

aninhado no medo com que se encolhem
as criaturas dóceis
diante de horrores

estão aqui
meus olhos de botão presos abertos à cara
para que eu não durma no escuro

a pulsão de permanência e revide
que como toda força motriz evolutiva
é também um pouco burra

o tempo é de fuga mas os pés estão atados

e eu
eu também estou aqui
sob os silêncios

criatura feral domada no choque

é a imagem desse cavalo
desenhado com os olhos nos defeitos da parede

ele desce em disparada
com a crina em chamas
apenas pelo desafio de evitar a queda

para que nasça um cavalo como esse
é preciso vento
e linhas imprecisas na pintura

texturas amarrotadas
e força nos membros

um cavalo em disparada
não é qualquer cavalo
é aquele que não se pode montar em criança no sítio

à criança em seu corpo pequeno
é permitido apenas sentar-se à parede e imaginar o cavalo
e as labaredas lambendo o vento

a corrida de um cavalo como esse
a mãe não permite
perna ralada em menina é feio milena
senta vê desenho milena

uma criança que cresce limpa
não conhece o vento

como o conhece o cavalo

e não se lembra senão do grito
que era um cavalo descendo em disparada
com a crina em chamas
porque o pintor de paredes errou

uma criança que cresce limpa e sem ranhuras
tem um vento sofrendo nos peitos
daqueles que derrubam prédios
quando correm

e abrasam os tabus que deus castiga

como herança recebi olhos com defeito
de um verde-escuro encardido
amarelado no meio

recebi também um álbum de fotografias
com rostos de mulheres sem nome
que reconheço ao espelho

cada qual com sua nódoa de mofo a lamber

herdei dentes grandes e um candelabro de louça
e um jogo de prantos que foi da minha avó

o menino jesus de praga ficou com minha mãe

e a madama de porcelana
passeando o cachorro de porcelana
na vitrola em 89
foi dada a uma madama
não dada a passeios nem cães

herdei pintas marrons
e predisposição a câncer de pele
bulhas cardíacas desiguais
e baixa estatura

e aquela pasta de couro que tinha cheiro de gaveta fechada
onde ficavam os poemas dele que eram só meus

herdei também uma orelha mais alta que a outra
pelo que meus óculos andam sempre tortos

e a vontade de escrever isso em versos

o azul perdido dos olhos do morto
domina soberano as quinas dos móveis
e os soslaios de desprezo
dos parentes com dinheiro

está nos tios que exibem orgulhosos
as conquistas aumentadas
dos filhos que criaram

o rosto do morto está no relógio de ouro
dado ao meu pai
que entrou na família por casamento

e nos cantos caídos dos lábios da minha mãe
que entrou na família
porque nascer é sempre à força

no meu nariz
as sardas do morto se camuflam
como palavra esquecida pouco antes de lembrada
daquelas que é preciso estar buscando

e sua voz
que julguei imperecível
veio sumindo como se chorasse

o morto tinha nome de anjo sussurrado em prece aflita
e ignorada

o silêncio onipresente
        dos deuses
por quem ninguém mais
        quer morrer

é sobre mim
é sobre os peitos desiguais que entrego aos dentes

é também sobre o hábito de usar a língua para indicar o desejo dos lábios

sobre o cálice
e sobre os olhos e sobre os dedos
a quem o escolho dar

a boca que implora como fim em si mesmos o leite e o mel

terra prometida aos ímpios
como paga pela fome desmedida
e aos desgraçados que não cumprem sua parte após a graça

é sobre todo gozo e toda glória
toda entrega e toda danação

é sobre mim

que debruça a sua urgência

deito marcada com a
chaga dos
abismos

minha carne a morte
oferecida à
fome primeva
de um resto
de deus

o céu está vazio o
magma está
frio só
me sobrou
a terra sob
meus peitos de
lágrima

de costas
curvas
eu deito
sob o peso de
existir cordeiro
com
dentes de
algoz

meu corpo
templo sem
rito
e sem
fiéis
se recusa a
limpar dos
sapatos a
poeira antiga
dos ídolos a
ruir

apenas dois
olhos
fracos
se interpõem
entre mim e o
escuro

e eu que
nunca
fui
muito forte
existo novembro e
flores mortas
pintada do
sangue
dos
flamboyants

tenho dois olhos
cor de tempestade
e
um cansaço
ancestral
nos ossos
do não
dito

e tenho também
aquele grito

que nunca será voz
e aprisionado
não sabe senão
chover

jogo-me ao incêndio
como se debruçasse
esticando as costas e os braços
        no ato claro
        de não achar

como se a escolha fosse mais minha que do incêndio

jogo-me com o medo brando
dos não fortes
e um calor de prenúncio nas pontas dedos

ao vazio inteiro
e seco
com que se mostra o incêndio
jogo-me
e cato uns restos que não cabem

uns restos assim machucados
cortados sem cuidado com as mãos
como o pão que se dá aos pombos

duro demais para os saciados

jogo-me como se pulasse
do meu quarto alto de criança
        e não morresse na hora

ficasse um pouco mais para um café

face a face com o incêndio
debato quatro membros muito fracos
  para o encargo grande
    de correr

as chamas todas altas e acesas
amarelas e urgentes
lambendo à força

e eu completamente derrotada
saio do incêndio
de mãos vazias

o poema um cobertor molhado
de frio e heroísmo fracassado

    a vítima
    que era eu
    morreu

Posfácio

Paula Glenadel
Professora titular da UFF

"Eu estou escrevendo/ Isso é um milagre", escreve Milena Martins Moura em seu mais recente livro, *O cordeiro e os pecados dividindo o pão*. O poema em que se encontra esse verso, "ofício das mortes – *Trilogia Ouropretana parte 3*", se constrói como uma espécie de "litania" autobiográfica e transgressora, onde quem diz *eu* no poema vê a si mesma com olhos espantados por desafiar tantas improbabilidades e mede o caminho percorrido em sua existência até esse momento de apresentação ao leitor que é encenado no poema.

O título do novo livro é um verso do livro anterior, *A orquestra dos inocentes condenados*, de 2021, que se desdobra e amplia um pensamento-experiência dilacerante da culpa e da inocência, em cujo âmbito surge o desejo de sentido. Assim por exemplo, um poema como "escrever de caneta azul..." da *Orquestra* se instala em outro universo, comunicante, porém, com o "ofício das mortes" do *Cordeiro*. Pois ambos os poemas falam do medo e, apesar dele, da escrita; ambos mostram que refletir sobre o que é escrever não apaga "manchas", "excessos" e "arrependimentos" e que "Uma folha sobre a mesa/ Em branco/ E o negrume/ Engolindo os telhados" é uma imagem densa e simples do embate entre o que se organiza e o abismo que escancara sua boca diante do sujeito.

Se o tom deste livro se apresenta um pouco mais "universal" do que o do livro anterior (apesar da menção à "Telefunken 1984" que funciona como um marcador mais específico), isso soa como o amadurecimento de uma poética singular, no sentido em que Milena assume aqui para si uma voz incomum entre sua geração. Inclusive ao confessar sua recusa a "limpar dos/ sapatos a/ poeira antiga/ dos ídolos a/ ruir". Deles, de sua queda em movimento suspenso, a bíblia ou os mistérios gregos, mais do que a relação com a crença ou sua ausência, se recolhe uma intensa dimensão sacrificial. E um erotismo, em cuja lógica o corpo, "templo sem/ rito/ e sem fiéis", oscila entre aceitar passivamente ou desejar ativamente ser dado em sacrifício.

A fome e a sede são imagens que atravessam praticamente todos os poemas do livro. De que fome e de que sede se trata aqui? Suas imagens se estruturam em duas amplas séries de substâncias, a do pão, do vinho ou da água; e a da carne e do sangue, diante das quais o sujeito se exercita na ocupação de lugares moventes. Em relação à fome, como que revisitando o paradoxo de Caim e Abel, onde o irmão preterido é, justamente, aquele que não realizou sacrifício animal, o sujeito adota uma perspectiva complexa, se apresentando ora como "caça" ou "banquete", ora como imolador, ora ainda como "cordeiro/ com/ dentes de/ algoz". Em uma dobra interessante, na sede, por outro lado, é possível entrever uma aliança com o outro, o animal, já não mais visto como presa ou predador: "corta o jardim um córrego que serpenteia/ onde as bestas vêm dividir comigo a sede", ou "acabei de ser minha própria caravana de bichos pálidos passando sede".

As trocas entre essas substâncias são diversas, ou seja, a perspectiva da transubstanciação, esse trânsito entre próprio e figurado, não deixa de operar no livro, porém isso ocorre segundo a lógica de um desvio, que põe em evidência a inoperância da transferência sacrificial tradicional, incapaz de aplacar essa sede e, sobretudo, essa fome.

Daí a proliferação das imagens do lamber e do mastigar, uma oralidade fartamente explorada, de bocas, dentes e línguas, que compõem algo da ordem do "quase", palavra importante no livro, e que fala da incompletude dos processos e dos estados subjetivos. Entre dor e afirmação vital, o livro caminha, assim, em direção a uma espécie de "experiência interior", onde a transgressão só vale enquanto lampejo provisório de resposta, pois o que seria dela se eventualmente se transformasse na fixa e sólida lei?

Cara leitora, caro leitor

A **ABOIO** é um grupo editorial colaborativo.

Começamos em 2020 publicando literatura de forma digital, gratuita e acessível.

Até o momento, já passaram pelo nossos pastos mais de 400 autoras e autores, dos mais variados estilos e nacionalidades.

Para a gente, o canto é conjunto. É o aboiar que nos une e que serve de urdidura para todo nosso projeto editorial.

São as leitoras e os leitores engajados em ler narrativas ousadas que nos mantêm em atividade.

Nossa comunidade não só faz surgir livros como o que você acabou de ler, como também possibilita nos empenharmos em divulgar histórias únicas.

Portanto, te convidamos a fazer parte do nosso balaio!

Todas as apoiadoras e apoiadores das pré-vendas da **ABOIO**:

—— têm o nome impresso nos agradecimentos de todas as cópias do livro;

—— são convidadas a participarem do planejamento e da escolha das próximas publicações.

Fale com a gente pelo portal **aboio.com.br,** ou pelas redes sociais (**@aboioeditora**), seja para se tornar uma voz ativa na comunidade **ABOIO** ou somente para acompanhar nosso trabalho de perto!

Vem aboiar com a gente. Afinal: **o canto é conjunto.**

Apoiadoras e apoiadores

132 pessoas apoiaram o nascimento deste livro. A elas, que acreditam no canto conjunto da **Aboio**, estendemos os nossos agradecimentos.

Adilma da Penha Vicente
Adriane Figueira
Alex Zani
Alexander Hochiminh
Allan Gomes de Lorena
Amanda Toledo
Ana Claudia Abrantes
André Balbo
André Pimenta Mota
Andreas Chamorro
Anna Clara de Vitto
Anna Faedrich Martins Lopez
Anna Lúcia
Anthony Almeida
Arthur Lungov
Bianca Monteiro Garcia
Caco Ishak
Caio Girão
Caio Narezzi
Calebe Guerra
Camila do Nascimento Leite
Camilo Gomide
Carla Guerson
Carolina Nogueira
Cecília Garcia
Cintia Brasileiro
Cleber da Silva Luz
Cristina Machado
Daniel Dago
Daniel Giotti
Daniel Guinezi
Daniel Leite
Daniela Rosolen
Danilo Brandao
Denise Lucena Cavalcante
Dheyne de Souza
Diana de Hollanda Cavalcanti
Eduardo Rosal
Fabio Di Pietro
Francesca Cricelli

Frederico da Cruz
Vieira de Souza
Gabo dos ivros
Gabriel Cruz Lima
Gabriel Farias Lima
Gabriela Machado Scafuri
Gael Rodrigues
Gianna Lucciola Campolina
Giselle Bohn
Guilherme da Silva Braga
Gustavo Bechtold
Henrique Emanuel
Jadson Rocha
Jailton Moreira
João Luís Nogueira
Joca Reiners Terron
Júlia Vita
Juliana Costa Cunha
Juliana Slatiner
Juliane Carolina Livramento
Junia Mendes
Laura Redfern Navarro
Leitor Albino
Leonardo Pinto Silva
Lolita Beretta
Lorenzo Cavalcante
Lucas Ferreira
Lucas Lazzaretti
Lucas Verzola
Luciano Cavalcante Filho
Luciano Dutra
Luis Felipe Abreu
Luísa Machado
Lureen Asei
Manoela Machado Scafuri
Marcela Roldão
Marco Bardelli
Marcos Vinícius Almeida
Marcos Vitor Prado de Góes
Maria Inez Frota Porto Queiroz
Maria Lucia Martins Moura
Mariana Donner
Marina Lourenço
Mateus Torres Penedo Naves
Mauro Paz
Menahem Wrona
Milena Martins Moura
Minska
Natalia Timerman
Natália Zuccala
Natan Schäfer
Natasha Pereira
Otto Leopoldo Winck
Paula Glenadel
Paula Maria
Paulo Scott
Pedro Torreão
Pedro Artur Lira Silva
Pietro Augusto Gubel Portugal
Priscila Branco
Rafael Grigório
Rafael Mussolini Silvestre

Rafael Santos
Raphael Nery
Rebeca Casal Leite
Rodrigo Barreto de Menezes
Salma Soria
Samuel Santos Moura
Sergio Mello
Sérgio Porto
Tatiana Pequeno da Silva
Thainá Carvalho Costa Xavier
Thaís Campolina Martins
Thais Fernanda de Lorena
Thassio Gonçalves Ferreira
Valdir Marte
Weslley Silva Ferreira
Yvonne Miller

Outros títulos

1. Anna Kuzminska, *Ossada Perpétua*
2. Paulo Scott, *Luz dos Monstros*
3. Lu Xun, *Ervas Daninhas,* trad. Calebe Guerra
4. Pedro Torreão, *Alalázô*
5. Yvonne Miller, *Deus Criou Primeiro um Tatu*
6. Sergio Mello, *Socos na Parede & outras peças*
7. Sigbjørn Obstfelder, *Noveletas*, trad. Guilherme da Silva Braga
8. Jens Peter Jacobsen, *Mogens*, trad. Guilherme da Silva Braga
9. Lolita Campani Beretta, *Caminhávamos pela beira*
10. Cecília Garcia, *Jiboia*
11. Eduardo Rosal, *O Sorriso do Erro*
12. Jailton Moreira, *Ilustrações*
13. Marcos Vinicius Almeida, *Pesadelo Tropical*
14. Milena Martins Moura, *O cordeiro e os pecados dividindo o pão*
15. Otto Leopoldo Winck, *Forte como a morte*
16. Hanne Ørstavik, *ti amo*, trad. Camilo Gomide
17. Jon Ståle Ritland, *Obrigado pela comida*, trad. Leonardo Pinto Silva
18. Cintia Brasileiro, *Na intimidade do silêncio*
19. Alberto Moravia, *Agostino*, trad. André Balbo
20. Juliana W. Slatiner, *Eu era uma e elas eram outras*
21. Jérôme Poloczek, *Aotubiografia*, trad. Natan Schäfer
22. Namdar Nasser, *Eu sou a sua voz no mundo*, trad. Fernanda Sarmatz Åkesson
23. Luis Felipe Abreu, *Mínimas Sílabas*
24. Hjalmar Söderberg, *Historietas*, trad. Guilherme da Silva Braga
25. André Balbo, *Sem os dentes da frente*
26. Anthony Almeida, *Um pé lá, outro cá*
27. Natan Schäfer, *Rébus*
28. Caio Girão, *Ninguém mexe comigo*

ABOIO

EDIÇÃO Leopoldo Cavalcante
ASSISTÊNCIA EDITORIAL Luísa Machado
REVISÃO Marcela Roldão
ILUSTRAÇÃO DA CAPA Retrato de Anna Margareta von Haugwitz, por Matthäus Merian the Younger

Grafia atualizada segundo o Acordo Ortográfico da Língua Portuguesa de 1990, que entrou em vigor no Brasil em 2009.

Dados Internacionais de Catalogação na Publicação (CIP)
Eliane de Freitas Leite — Bibliotecária — CRB 8/8415

Moura, Milena Martins
O cordeiro e os pecados dividindo o pão /
Milena Martins Moura. -- São Paulo: Aboio, 2023.

ISBN 978-65-980578-7-9

1. Poesia brasileira I. Título.

23-172062 CDD-B869.1

Índices para catálogo sistemático:
1. Poesia : Literatura brasileira

[2023]

ABOIO
São Paulo — SP
(11) 91580-3133
www.aboio.com.br
instagram.com/aboioeditora/
facebook.com/aboioeditora/

Esta obra foi composta em Adobe Garamond Pro.
O miolo está no papel Polén Natural 80g/m².
A tiragem desta edição foi de 300 exemplares pela Helograf.
[Primeira edição, novembro de 2023]